À Suz qui aime
plus que moi
tondre la pelouse.

Pour l'édition originale publiée par Chronicle Books LLC,
85 Second Street, San Francisco, California 94105, USA
et parue sous le titre *Stanley mows the lawn*

© 2005, Craig Frazier
www.chroniclekids.com

Pour l'édition française :
© 2005, Albin Michel Jeunesse, 22 rue Huyghens
75014 Paris. www.albin-michel.fr
ISBN : 2 226 16844 3 - N° d'édition : 13 226
Dépôt légal premier semestre 2006
Imprimé et relié à Hong Kong - Chine

STANLEY
Tond la pelouse

Craig Frazier

Traduction de Pascale Jusforgues

ALBIN MICHEL JEUNESSE

Dans le jardin, l'herbe
est si haute que Stanley
ne voit plus le bout
de ses bottes.

Il est grand temps de passer la tondeuse.
Et voilà Stanley qui arpente l'immense pelouse.
Aller, retour, aller, retour, aller, retour.

La tondeuse de Stanley
trace un chemin
parfaitement droit.

Tout autour de Stanley,
les brins d'herbe voltigent !

Tout à coup, Stanley s'arrête net :
quelque chose a bougé
dans les hautes herbes !

C'est Hank, le serpent. Lui aussi s'arrête net :
quelque chose a bougé *derrière* les hautes herbes !

Courageux, Hank tend le cou
et jette un œil.

Non moins courageux,
Stanley pose un genou à terre
et jette un œil.

Sous le regard étonné de Stanley,
Hank ondule, glisse dans l'herbe rase
et disparaît dans l'herbe haute.

Stanley a une idée.

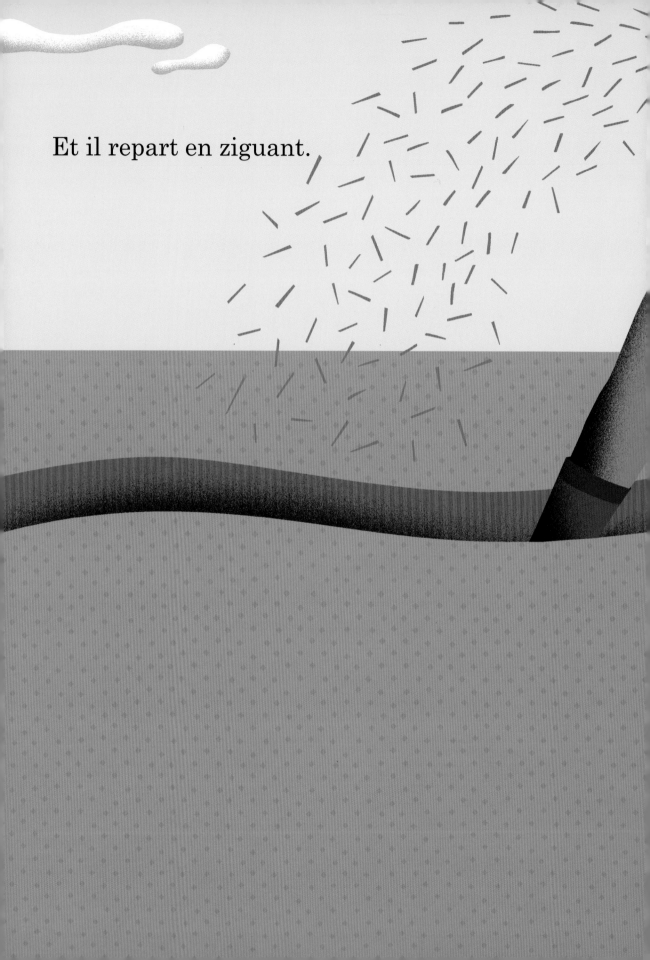

Et il repart en ziguant.

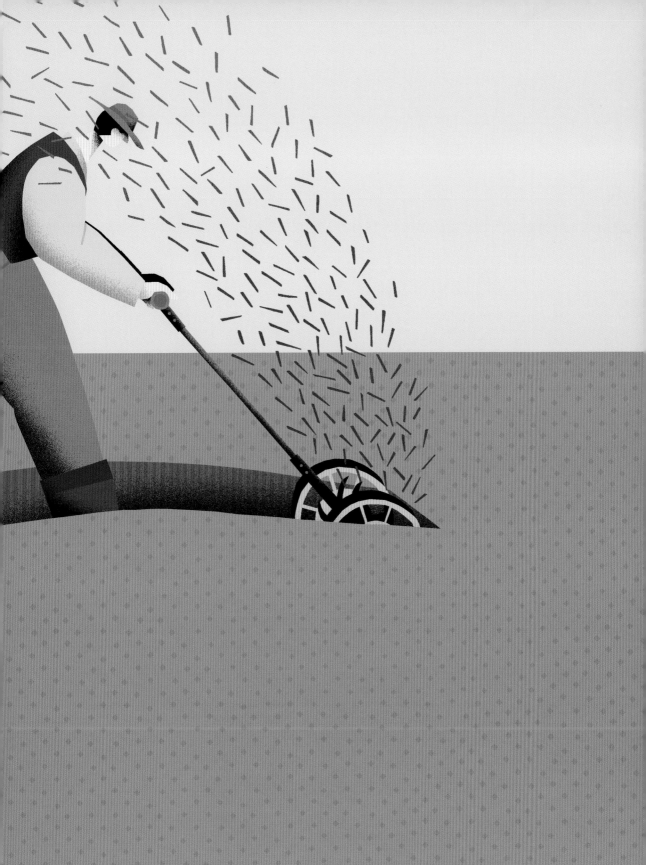

En zaguant.
En zigzaguant.

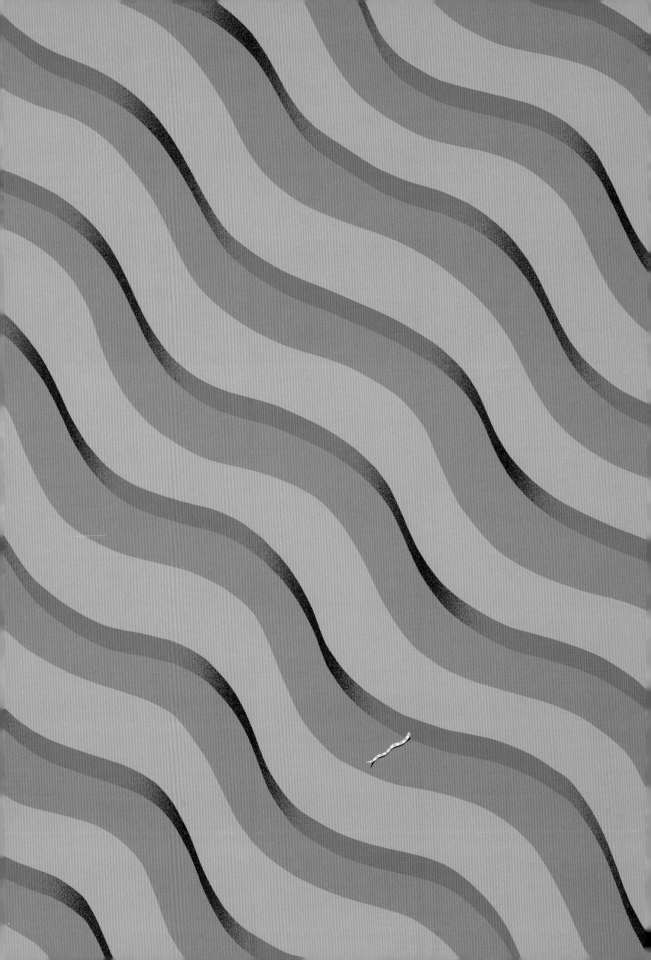

Quand il a terminé, Stanley contemple
la pelouse. Il est très satisfait.

Hank aussi.

Ssssalut !

Sssstanley…